U0127214

图书在版编目 (CIP) 数据

闽剧·歌仔戏·高甲戏·梨园戏 / 王晓珊等著. —北京：社会科学文献出版社，2013.8
ISBN 978-7-5097-4652-3
Ⅰ.①闽… Ⅱ.①王… Ⅲ.①闽剧—介绍②歌仔戏—介绍③高甲戏—介绍④梨园戏—介绍 Ⅳ.①J82
中国版本图书馆 CIP 数据核字(2013)第 105043 号

ISBN 978-7-5097-4652-3

中华戏曲·歌仔戏（全二册）

著　　者　吴慧颖
出 版 人　谢寿光
出 版 者　社会科学文献出版社
地　　址　北京市西城区北三环中路甲二十九号院三号楼华龙大厦
邮政编码　一〇〇〇二九
责任部门　线装分社（〇一〇）五九三六七二一五
电子信箱　xianzhuang@ssap.cn
项目统筹　郎启扬
责任编辑　孙以年　张连生
责任印制　岳　阳
经　　销　社会科学文献出版社市场营销中心
电　　话　（〇一〇）五九三六七〇八一　五九三六七〇八九
读者服务　读者服务中心（〇一〇）五九三六七〇二八
印　　装　扬州古籍线装产业有限公司
开　　本　四尺宣　六开
本卷印张　二十二点一七印张
本卷字数　五十八点四六千字
版　　次　二〇一三年八月第一版
印　　次　二〇一三年八月第一次印刷
书　　号　ISBN 978-7-5097-4652-3
定　　价　两千六百三十二元（全四卷八册）

本书如有破损、缺页、装订错误，请与本社读者服务中心联系更换
版权所有 翻印必究

中国戏剧家协会主编

中华戏曲

CHINESE OPERA

歌仔戏

吴慧颖著

社会科学文献出版社
SOCIAL SCIENCES ACADEMIC PRESS (CHINA)

【中华戏曲 · 歌仔戏】

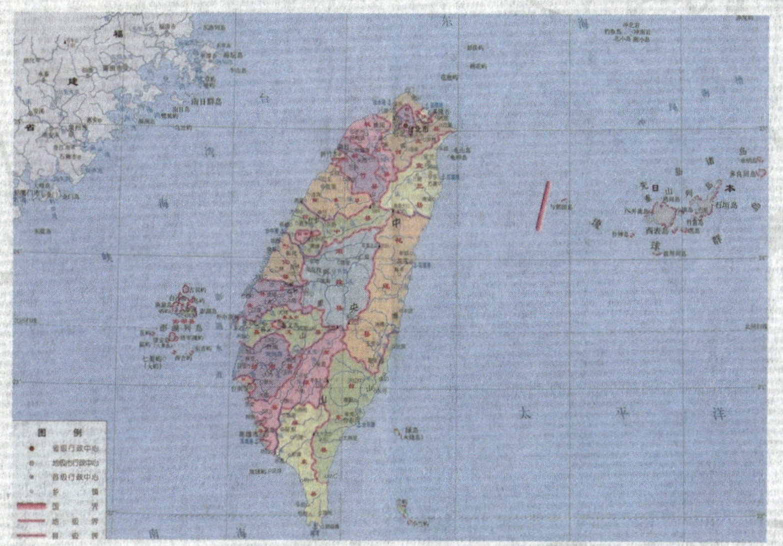

图一　台湾与福建比邻而居

图二　经常演戏酬神的台南天后宫

图三　2013年厦门歌仔戏研习中心“乡音之旅”在台南赤坎楼前演出

图四　闽南的车鼓弄

【中华戏曲❀歌仔戏】

图七 两岸学者互动热络（左起：孔皿、邱坤良、陈耕）

图八 1989年3月，被大陆媒体称之为“零的突破”的“首届台湾艺术研讨会”在厦门举行

图五 1989年6月台湾学者陈健铭（左二）来厦交流

图六 1996年3月台湾学者曾永义率团来厦交流

中华戏曲 歌仔戏

图九 两岸歌仔戏艺师廖琼枝与纪招治亲切交谈，中为台湾学者蔡欣欣教授

图十 2008年台湾一心戏剧团来厦门演出歌仔戏《鬼驸马》

图十一 2009年台湾明华园戏剧总团在厦门演出《蓬莱大仙》海报

图十二 2001年大陆歌仔戏演员赴台湾交流演出海报

中华戏曲 歌仔戏

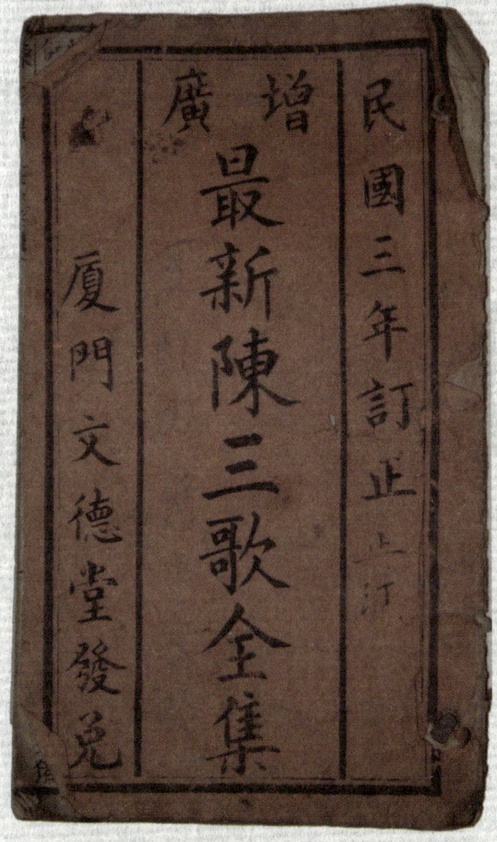

图十六 厦门文德堂发行的歌仔册

图十五 月琴弹唱歌仔（图为老艺人卢菊）

图十三 1995年大陆学者陈耕、曾学文采访台湾老艺人，为《歌仔戏史》撰写获得更丰富翔实的资料

图十四 两岸名家共同携手，推动歌仔戏的发展（左起：小咪、庄海蓉、唐美云）

中华戏曲 ✿ 歌仔戏

图十七 台湾的甩采茶与厦门的莲花褒歌即兴对唱

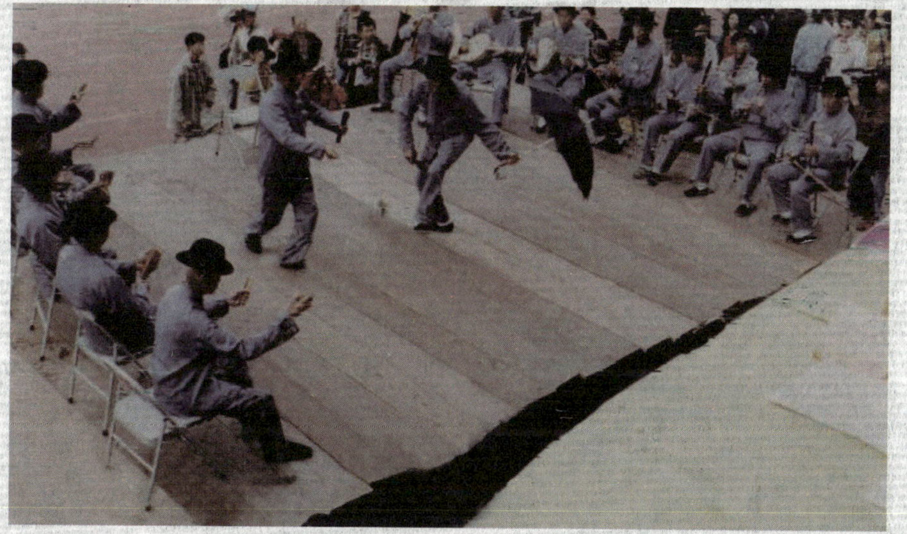
图十八 宜兰的本地歌仔（台湾供图）

图十九 台湾“胡撇子”歌仔戏，图为2007年秀琴歌剧团在台南的演出

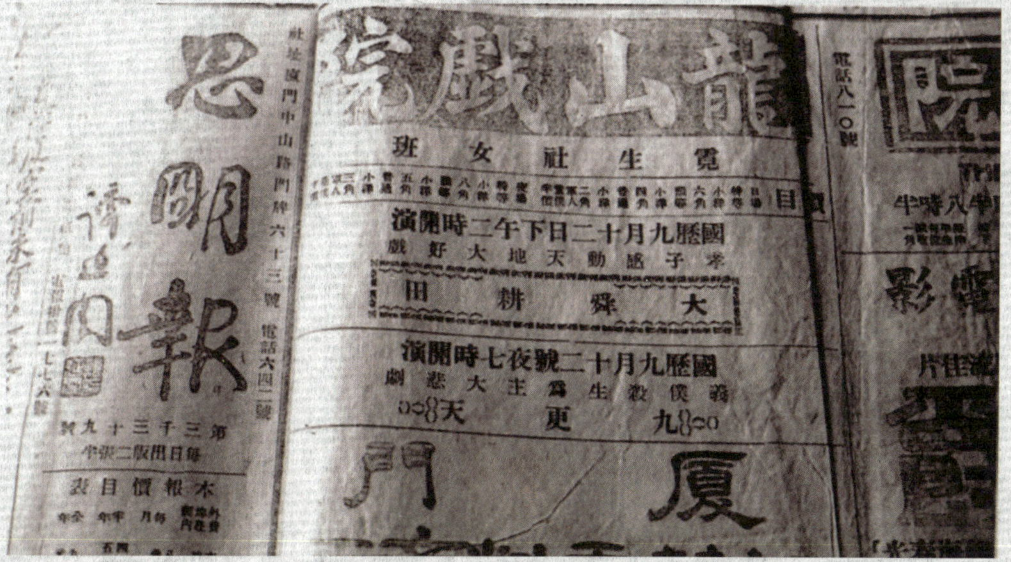

图二十 早期台湾歌仔戏班在厦门龙山戏院演出广告

【中华戏曲❀歌仔戏】

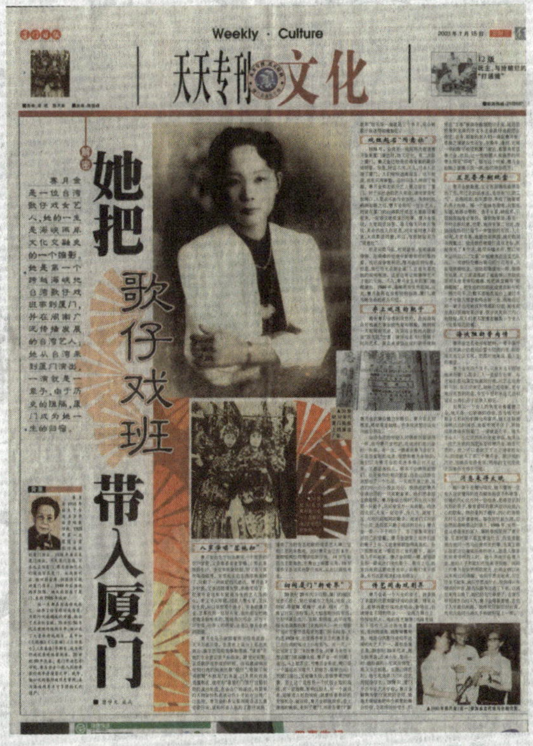

图二十一　厦门报纸报道台湾歌仔戏艺人赛月金

图二十二　歌仔戏的一代宗师邵江海

图二十三　把闽南的【杂碎调】带入台湾的“都马班”（台湾供图）

倍加珍惜中华民族的戏曲文化

——《中华戏曲》丛书序

孙家正

中国戏剧家协会、社会科学文献出版社、扬州古籍线装产业有限公司联手共同推出线装本的《中华戏曲》丛书，众多专家学者热心参与，共襄盛举，充分体现了他们对民族文化精粹的珍爱与责任感。

戏曲艺术影响了中华民族多少代人，熔铸了千百年来无数中华百姓人生观、是非观，是培养中华儿女爱国、爱民情怀的重要文化哺育。

文化是人类创造的物质财富和精神财富的总和，也是民族精神的巨大力量和民族创造智慧的重要源泉。

随着时光的流逝和历史的变迁，许多显赫一时、喧嚣一时的东西都烟消云散，归于沉寂，惟有文化，以物质或非物质的形态长留世间。它是一个民族身份的凭证，也是一个民族满怀自信走向未来的牢固根基。中国戏曲艺术的传承与发展，正处于一个关键的时期，它关系到民族精神的继承，关系到民族文化传统的赓续和民族身份的记忆，保护传承这份遗产是中华儿女的职责。只有我们将戏曲艺术与中国历史、社会和百姓之间的关系上升到一种民族精神与文化的高度，我们才会对这项工作的重要价值和深远意义产生应有的认识。这部丛书，将会增进我们对民族文化

的认识与认同，并且通过对中华文化强大生命力和巨大作用力的了解，增强我们的文化自觉与自信。

中华民族历经磨难，屡受欺凌，动乱频仍，政权和朝代更迭不断，是什么能使得我们国家与民族生生不息、历劫不灭？是什么维系着中华儿女血脉传承的认同与凝聚？是什么支撑着国家和民族的不屈与坚韧？只有文化，属于中华民族的文化！而民族文化的传承主要有赖于两个重要的渠道。一是官方渠道，主要是四书五经等正宗典籍及其以科举为杠杆的教育制度；另一个就是民间传承，主要靠民间说唱、民间戏曲传播普及，

代代相传。这其中戏曲艺术更是功不可没。它以极强的生命力始终活跃于民间，无论是改朝换代的兵燹战乱，还是颠沛流离的困苦生活，戏曲没有断绝过其活跃在民间的顽强生命，更没有停歇过其内容与形式不断发展的脚步。它和民众像不离不弃的患难兄弟，同喜同悲，休戚与共，相依相伴，千百年来始终成为历朝历代华夏子孙赖以慰籍心灵的精神依托与艺术依赖，这在世界艺术史上也堪称奇迹。正因为如此，中国广大的民众对于戏曲艺术怀有深厚情感。戏曲已成为中华文化不可分割的组成部分，伴随着历史的发展，影响着一代又一代中国人的精神世界，人生目标。

戏曲艺术本身就是文化史、思想史的重要部分。千百年来，特别是明清以来，戏曲文化之所以得到飞速发展，关键就在于它应和了人民大众对从戏曲艺术中沐浴伦理教化，获得历史文化，满足艺术欣赏的情感渴望、思想诉求和文化需求。在一个具有悠久历史文化的国度，中国百姓对于传统美德的养成和延续靠什么？一靠长辈的言传身教，更普遍的则是从以民间戏曲、说唱等为主的文艺作品中去汲取与获得。戏中的忠臣良将，勇御外寇，英勇不屈，自然成为大众民族意识和家国情怀的楷模；戏中的忠正义士，披肝沥胆，中正刚直，自然成为大众是非曲直和道德行为的榜

样；戏中历经磨难的悲欢离合，感天动地的忠贞爱情，赢得观众泪水与欣喜的同时，也为他们面对生活的磨难，增添了乐观，为他们追求自由和幸福提供了动力。事实上，中国人历代就是从戏曲艺术中树立道德标准，汲取人生智慧，了解历史发展，获得人生经验的。中国戏曲对于民族文化的延续和民族精神的弘扬发挥了无可比拟的重要作用，在大力宣传核心价值体系的当下，中国戏曲所蕴涵的民族精神、爱国意识和传统美德，理应发挥更积极的作用。因此，在我们大力提倡弘扬民族文化，建设社会主义核心价值体系的当下，通过这部丛书，了解和感受传统戏曲艺术中

承载的具有普世价值和当代性的思想、文明、伦理、道德，也是很有现实意义的。总之，对于戏曲艺术的价值，理解了才知道珍惜，珍惜，才会自觉地传承，传承中便会有新的创造与发展。

编辑丛书是一项非常浩繁的工作，也是一项需要以严谨的学术态度和认真的写作付出心血与汗水的劳动。我国戏曲剧种和理论研究中具有高深造诣和广泛影响的众多学者专家参与此事，或亲自担纲撰写，这就保证了这部丛书的学术严肃性和内容的翔实可信。同时，这又是一个面对大多数读者，甚至国际性读者的戏曲普及性工作，因此这些专家们的写作便需要深入浅出地表述。

这部丛书还有一个值得肯定的特点，那就是书中不仅对各剧种的传统和过去有着图文并茂的丰富记述，更可贵的在于还将目光关注到当代戏曲的现状和发展上。丛书对如今活跃在各剧种舞台上的中青年名家，以及近年来创造的新的经典剧目、形成的新的风格特色、做出的各种创新探索，也作了生动、全面的介绍，这不仅使读者能感受到戏曲艺术在当代社会中的延续与取得的新发展、新成果，也从一定意义上改变了以往这类图书多注重对过去的记述，缺少对当下戏曲成果与发展的梳理评判的不足，从而形成了这部丛书的又一宝贵的特色和价值。

古籍线装的形式与古典戏曲读物，都是中华古代文明的成果，两者的结合，让人们感受到一种赏心悦目的协调之美。当我们手捧散发着传统墨香的线装读物领略和感受古典戏曲的艺术芳馨的时候，我相信，所获得的阅读感受和心情自然是会更惬意、更独特。

党的十八大要求，建设优秀传统文化传承体系，弘扬中华优秀传统文化。戏曲艺术是这一传承体系中的重要方面。通过这部丛书我们会更生动和深刻地感到，中华戏曲是世界艺术遗产中的一份无比珍贵的财富。文化艺术固然有其经济方面的意义，但从本质上说其核心价值从来在于精神层面。一个民族，只有保持着生生不息的思想活力和历久弥新的文化传统，才能自立于世界民族之林。中国戏曲是中华各民族人民的精神家园，我们应当倍加珍惜。

是为序！

《中华戏曲·歌仔戏》简介

中国有三百多个地方戏曲剧种，唯有歌仔戏诞生于台湾。歌仔戏是两岸共同培育的民族艺术之花。《中华戏曲·歌仔戏》一书从戏曲史的角度，对歌仔戏独特的的历史发展过程和艺术特色，作了比较全面的概括。全书分为三个部分：

第一章《海峡情缘》，重点讲述歌仔戏形成的历史渊源，介绍了『唐山过台湾』的移民史、闽南文化与大陆戏曲剧种传播入台的过程，说明歌仔戏是在传承融合福建民间戏曲的基础上产生的，是中华文化分支闽南文化传播到台湾后的发展与创造，也是台湾人民以汉文化的分支闽南文

化、客家文化来抗争日本文化入侵的成果。同时，也概要阐述了歌仔戏是由闽台民众共同孕育成长的剧种，频繁的往来与密切的关系在两岸文化交流中占据重要地位，体现了两岸无法割断的文化亲缘。两岸歌仔戏的交流也有助于中华民族艺术文化的维护与发扬。

第二章《百年沧桑》讲述歌仔戏诞生后曲折发展的历程，包括日本殖民压迫下的歌仔戏面临的困境、回传闽南与播迁东南亚的过程、抗战胜利后台湾媒体的变迁与歌仔戏的发展改良，解放后大陆的戏剧改革与闽南歌仔戏的传承创新以及八十年代以来两岸歌仔戏频繁的交流与合作。

第三章《悲情乡韵》讲述歌仔戏的戏曲艺术，介绍了歌仔戏独具特色的曲调音乐、行当角色、唱词、表演艺术、戏剧题材和社会影响，说明歌仔戏的艺术特色，主要在于悲情与乡韵，悲伤的感情渗透于歌仔戏的音乐和演员的表演之中，分析了悲情流行的社会历史文化背景，也总结了歌仔戏善于以歌传情、表现家庭伦理的题材特点，指出歌仔戏尽管悲苦柔弱，但根底里有着倔强不屈的韧性，它根源于闽台乡土社会的淳朴与真情。

全书结构合理，条理清晰，文笔流畅，可读性强。

Introduction of Chinese opera: Gezi Opera

Among over three hundred local operas in China, Gezi Opera is the only one originated from Taiwan. Gezi Opera is the flower of national arts cultivated by people cross straights. The book, Chinese opera: Gezi Opera, from the perspective of opera history, makes a comprehensive summary of the unique historical development and artistic features of Gezi Opera. The whole book is divided into three parts:

The first chapter, Fate and Love across Straights, focuses on describing the historical origin of the formation of Gezi Opera, and introduces immigration history of "mainlanders immigrating to Taiwan", indicating that Gezi Opera is formed on the basis of inheriting and combining Fujian local operas, which is the development and creation of Southern Fujian culture, a branch of Chinese culture, after its spreading into Taiwan, which is also the achievements of Taiwan folks fighting against Japanese cultural

invasion with the branches of Han culture: Southern Fujian culture and Hakka culture. Meanwhile, it also briefly describes that Gezi Opera is nurtured by Fujian and Taiwan people. Frequent exchange and close relationship plays a great role in culture exchanges across straights. It reflects culture affinity of Taiwan and the mainland that can not give up. In addition, the exchange in Gezi Opera across straights contributes to the stability and development of Chinese people's culture and arts.

The second chapter, Hundred Years of Vicissitudes, describes the tortuous course of development of Gezi Opera after it is formed, including predicaments of Gezi Opera facing Japanese colonial oppression, process of returning to Southern Fujian and spreading into Southeast Asia, changes of Taiwan media and improvement of Gezi Opera after the victory of the Anti-Japanese War, dramatic reform in Chinese mainland and inheritance and innovation of Southern Fujian Gezi Opera, as well as the frequent exchange and cooperation in Gezi Opera across straights since the eighties.

The third chapter, Pathos Township, gives an account of opera arts of Gezi Opera, introduces the unique tunes and music, roles, opera libretto, performing arts, opera themes and social influence, shows that the artistic features of Gezi Opera are mainly pathos and township, sad emotions are penetrating in the music of Gezi Opera and performance of actors, and analyzes the social and historical cultural background where sadness are spreading. It also summarizes the theme features of Gezi Opera which is good at conveying emotion by singing and which shows family ethics. It points out that although Gezi Opera is sorrowful and tender, it is stubborn and unyielding in its root, which is originated from simple and unsophisticated Fujian and Taiwan rural society.

The book is well-structured, clearly arranged, and smoothly written, with strong readability.

中华戏曲 歌仔戏

目录

CONTENTS

前言

中华戏曲丛书把歌仔戏列为我国的主要剧种之一，这是很有必要的。这个剧种流行于台湾、闽南地区和东南亚说闽南话的华人聚居区，观众多达数千万，应该说是一个较大的地方剧种。她又是我国唯一形成于台湾，然后流播到大陆和东南亚各地的剧种。歌仔戏是以闽南民间说唱『锦歌』为基础的，传入大陆后，邵江海等闽南艺人对她的唱腔改革和剧本创作做了很大贡献，所以，它又是唯一的一个由两岸人民共同哺育而成长起来的剧种。二十世纪五十年代初至八十年代末，台湾和闽南的歌仔戏被隔绝于海峡两岸，时间长达三十多年，分别发生了很大的变异，两岸恢复交

流以来，又成为两岸文化界交往、联系的纽带和平台。回顾历史，我们完全可以说，歌仔戏是一个和中华民族命运息息相关的剧种。撰写这本小册子，用通俗平实的语言，向广大读者介绍歌仔戏，让人们了解她坎坷的命运和独特的魅力，实在是一件很有意义的事情。

作者吴慧颖是我的学生，从硕士阶段到博士阶段，我都是她的指导教师。她在业务上最大的优点就是用功和扎实。她非常重视资料的收集，也非常善于资料的收集，对闽南文化，特别是闽南戏剧的研究情有独钟。在这一点上，她比那些脱离实际、热衷于理论空谈的人们要让人放心得

多。学风问题一直是多年来学界一个得不到重视的问题。好高骛远，『言必称希腊』，对本国的实际，本地的实际，鼻子尖底下的实际，对不起了，不感兴趣—这种现象相当普遍。而吴慧颖没有受到这种不良学风的影响，她的认真和严谨是我所欣赏的。

由吴慧颖担任《中华戏曲·歌仔戏》一书的撰稿人，我认为是十分合适的。她的博士学位论文就是以闽台戏曲为研究对象的，多年来，她一直热情参与两岸戏曲交流，又曾经到台湾大学，在戏曲研究的泰斗曾永义教授门下进修过数月时间，在歌仔戏研究领域有丰厚积累。这部小册子

是她将学术研究通俗化、大众化的成功之作，相信能受到两岸读者的欢迎。

陈世雄

（厦门大学教授、博导）

第一章

海峡情缘

【中华戏曲·歌仔戏】

二十世纪初诞生于台湾宜兰的歌仔戏，经历百年风云，遭逢民族灾难，以浓郁的乡土气息和质朴的情感，传唱海峡两岸，生生不息。

歌仔戏始终与闽台民众呼吸与共，歌其悲欢，抒其爱憎，寄寓美好的理想。至今，歌仔戏仍广受闽台民众的喜爱，是台湾省最重要的戏曲剧种，也是福建省的五大剧种之一。歌仔情深，唱不尽『唐山过台湾』的悲欢，唱不尽殖民铁蹄下的苦难与流离，唱不尽咫尺天涯的隔海思念。走过百年，在台海春暖花开的今天，两岸歌仔戏姹紫嫣红，流光溢彩竞风流，歌声悠扬舞蹁跹，乡音乡韵总关情，台上台下叙说着分离的思念和重逢的喜悦。

当海峡波平，站在同一个舞台上的两岸歌仔戏演员共同唱起悲情乡韵的歌仔调，岁月在悠远的歌声中流转，酸甜苦辣化作跃动的音符和美丽的希望。

中国有三百多个地方戏曲剧种，唯有歌仔戏诞生于台湾。这个仅有百年历史的年轻剧种，汲取大陆闽南原乡的歌谣俗曲和车鼓阵头的营养，借鉴其他剧种的表演艺术和剧目，在台湾北部宜兰地区孕育成长，很快风靡一时。歌仔戏的成长历程跨越了海峡，穿梭于两岸。歌仔传千里，淳朴的歌声唱出了中华民族百年的坎坷和善良百姓的呼号，传递着闽台乡土社会深沉的力量和温暖

的情谊。

一 唐山过台湾

歌仔戏诞生在宝岛台湾。这个位于中国东南海域的岛屿，隔着一湾窄窄的海峡，与对岸的福建隔海相望。

在我国的历史文献上，很早就有关于台湾的记载。西晋成书的《三国志》曾提及吴国孙权在公元二三〇年春正月『遣将军卫温、诸葛直将甲士万人浮海求夷洲及亶洲。……但得夷洲数千人还。』一般认为『夷州』就是台湾。台湾学者凌纯声认为，这是『中国政府经略台湾之始』。三国沈莹所撰《临海水土志》中也有关于『夷洲』

的记载，『夷洲在临海东南，去郡二千里。土地无雪霜，草木不死……』并详述该地的物产气候、社会组织和生活习俗等。隋唐称台湾为『流求』。台湾史家连横在《台湾通史》中录有唐宪宗时诗人施肩吾的《夷岛行》一诗，所述可能是澎湖的景象。南宋时期，澎湖划归泉州晋江管理，并有军民戍屯。元朝正式在澎湖设『巡检司』，管理澎湖和台湾民政，隶属于福建泉州府同安县。

福建与台湾仅一水之隔，比邻而居的地理位置，使得福建人在台湾的开发史上占据着重要地位。（图一）从五代开始，闽南人就有航海贸易的传统。台湾海峡一直是闽粤民众活动的区域。

很早就有闽粤的渔民和商人蹈海搏浪于海峡，渔民在这片水域捕鱼，商人们则以货易货，换取台湾的黄金、硫黄等矿物和各种特产。当然，从往来商贸到移民开垦需要时日的积累和冒险犯难。澎湖位于台湾海峡的中央，由于具有先天地理与港湾的优越特殊条件，自古即为军事要冲及重要的移民中继站，也是台湾开发最早的地区。据元代《岛夷志略》撰述，此时澎湖已经是一个渔、农、牧、商并举的汉人移民社会。移民大多来自福建沿海。不过汉人对台湾本岛的开发，直至明末才有大规模的移垦。

闽粤移民迁徙台湾的原因主要有三：一是明

末战乱的影响；二是闽粤沿海地窄人稠，被迫出外谋生；三是商贸往来，台湾作为中转口岸的作用加强。一六二四年闽南海商颜思齐率船队抵台湾，在笨港（另一说是魍港）靠岸，率众伐木辟土，构筑寮寨。并派人率船队赴漳、泉故里招募移民赴台垦荒，前后计三千余众，开始了台湾最早的大规模拓垦活动。在大航海时代，台湾因特殊的战略和地理位置而为西方殖民者所觊觎。荷兰先后在一六〇二年和一六二二年两次侵占澎湖。一六四二年，荷兰人占领了西班牙人在台湾北部的据点，台湾沦为荷兰殖民地。在西班牙、荷兰殖民者到达台湾之前，台湾岛上除了原住民各族

群的活动之外，已有部分汉人在此开垦，很多是季节性移民。荷兰占领台湾后，需要大批的劳力从事生产，以供应所需要的农产品，也鼓励汉人开垦拓殖以汲取经济利益。一六二六年荷兰人发现，在台湾的南部地区许多汉人聚落已经形成，除了农业种植，还从事贸易、网渔、狩猎等。明末崇祯元年（一六二八年）闽南的武装海商首领郑芝龙接受明朝政府的招抚，当时正值闽南大旱，郑芝龙召集了大批沿海饥民，据说有数万人之众，用船运到台湾安顿垦荒。此外还有很多零散而持续不断的移民活动。到荷据末期，根据人头税资料统计，台湾汉人总数约有三万五千至五万人之

多。一六六二年郑成功驱逐侵略者，收复台湾后，带来了大批将士，其后又有无数来自福建等地民众移垦台湾。从明末到清代，老百姓将大陆移民对台湾的开发，称作是『唐山过台湾』。其中以来自福建闽南地区的移民为数最多。至今台湾的人口结构中，原住民高山族、平埔族约占台湾人口的百分之二，百分之九十八以上都是数百年来陆续从大陆迁徙到台湾的汉人，其中闽南人最多，其次是客家人。

台湾海峡是介于福建和台湾之间的狭窄海域，地理学上北以台湾岛富贵角与福建平潭岛连线与东海接壤，南则是以福建东山岛与台湾岛鹅銮鼻

连线与南海、巴士海峡为界。海峡最窄处是平潭岛与台湾新竹之间，直线距离一百三十公里；最宽处是台湾屏东县的猫鼻头到漳州东山岛的澳角，直线距离四百公里。台湾海峡以风大、浪大、流速大著称，自然环境复杂，水域内多浅滩、沟谷、海岛礁石；河流入海口和海湾也很多，海水流系众多。尽管闽南人有悠久的航海传统和高超的造船技术，但在古代的航海条件下，穿越海峡并非易事。闽粤先民乘坐的木帆船，如果顺风顺水，从闽南到台湾，只需十四小时至两天左右。但渡海的先民，途中常遭遇狂风大浪，无数船只于此覆没。即便侥幸到了台湾，移民又要面对艰险的

自然环境和瘴气疾病的威胁。于是闽台社会流传着『唐山过台湾，十去六死三留一回头』的民谚，意即十人当中，有六人会死在台湾海峡，有三人会留在台湾，而一人会受不了早期台湾的荒蛮而重回中国大陆。数百年来『唐山过台湾』前赴后继的移民史，留下了无数交织血泪的『渡台悲歌』，也形成了今日台湾以闽南人为主的族群结构，闽南文化跨越海峡，播迁到台湾。

二 中华戏曲文化播迁台湾

在汉人移垦台湾之前，台湾本岛居住着许多高山族、平埔族原住民，他们有歌舞的传统和丰富的祭祀仪式，但没有发展成为『以歌舞演故事』

的戏曲。台湾早期的民间戏曲来自大陆，主要从福建和广东的潮、梅地区传入。戏曲文化主要流布于占台湾人口绝大多数的汉人社会。中华戏曲文化传播台湾，与台湾汉人聚落的形成、移民的宗教信仰和民俗传统的传承，有着密切的关系。移民是戏曲传播的重要载体，汉人聚落的形成为戏曲活动提供了演出契机和可能性。对移民来说，演剧的热闹场合是故土的风俗重现，有利于克服异地的陌生感，在欢聚一堂的其乐融融中，戏台的锣鼓舒缓了客居的漂泊感；同时在新环境中，献上这些酬神的大礼，希望得到神明的庇佑。

由于地缘关系，台湾的移民人口以闽南人占

绝大多数。大陆移民在迁徙过程中，将原乡的民间信仰传播到移居地。如陈文达在《台湾县志》说：『在广储东里，也有祀奉吴本的大道公庙，红毛时建。』迎神赛会、春祈秋报，演戏以娱神娱人，是闽南民间历来的传统，自宋代以来就不断有酬神演戏的记载。闽南民间信仰繁多，各类神祇数不胜数，保留了很多传统习俗，节令、神佛圣诞、庙宇庆典、做醮、谢平安、家庭婚丧喜庆等，无不演戏。戏曲文化可谓土壤深厚，戏班兴盛，演出活动繁盛，甚至有的庙宇可以连续演戏好几个月。在这些演剧场合中，闽南信仰习俗与民间戏曲水乳交融，演剧活动成为迎神赛会的重要组成

和祭祀活动的娱乐环节，构成闽台社会独特的风俗景观。随着移民入台，逐渐形成聚落，这些习俗也传播到那里。戏曲强化了文化聚合的仪式功能，同时也使得传统乡土观念、民间信仰等地方性知识，以及历史掌故、伦理道德观等，以一种热闹喜庆的风俗化景观深植人心。看戏一直是闽台民众的传统习俗，我们可以从明末卢若腾在金门看戏的情景，一窥当时人们对戏曲的热爱：『老年人来爱看戏，看到三更不渴睡。所喜离欢与悲合，末后半场可人意。』台湾民众甚至把演戏作为宴饮酬宾的大礼，邀请外国人共赏。

台湾最早的戏曲活动记载出现于明末荷据时

期（一六二四—一六六二年）。常被提及的史料是清人江日升于康熙四十三年（一七〇四年）成书的《台湾外记》。书中载，大约在一六六一年郑成功攻台前夕，居住台湾的荷兰通事何斌，『于元夕大张花灯，烟火、竹马、戏采、歌妓，穷极奇巧，请王与酋长卜夜欢饮。』何斌是闽南人，所述『竹马』，很可能是闽南的竹马戏。不过更早的记载是在一六四五—一六五五年的《热兰遮城日记志》。这本用荷兰语撰写成的日记，是关于十七世纪荷兰人在台湾建立贸易据点的重要史料。其中记述了当时荷兰人参加中国人举办的宴会，一起看戏的经历。一六五一年十一月八日，中国的商人和

头家何斌（Pincqua）、Boycko，以所有中国人头家的名义，邀请荷兰的特使在十一日『驾临那（大员）市镇里的Joek Tay的房屋，参加为他阁下准备的（欢送）宴会』。十一月十一日中午，『特使阁下和长官阁下，以及几个此地的高阶官员偕同他们的妻子们，由四个重要的中国人的头家来迎接，离开城堡，去（大员）市镇参加上述宴会。在那市镇一条街道的角弯，站着几个乐师，他们打鼓吹笛，引导上述阁下们和朋友们去到Joek Hay（Hay应系Tay的误写）的大房子（要在那里举行上述宴会）。于被邀请的其他朋友们都到齐以后，就由上述头家们很礼貌地安排

招待，飨以可口美味的食物和饮料（依照荷兰人的烹调方式准备的）。在那中间，也表演了数种罕见的戏剧，就像皮影戏（wayangen），用以娱乐来宾，一直表演到夜里很晚。』Wayangen是印尼一种演艺皮影戏，译者认为有可能是福建人传过来的布袋戏。笔者认为更有可能是皮影戏或傀儡戏。此外，一位名叫David Wright的苏格兰人在郑成功一六六二年打败荷兰人之前住在一个小岛叫台湾城（今日台南附近）多年。他回国后的一份文件中也提及台湾演戏敬奉田公元帅，在观音生日和端午节前后演戏。这些演剧习俗与福建闽南地区一脉相承。根据原荷兰

东印度公司档案《梅氏日记》记载，郑成功率军出征台湾，随行也带了乐器，在军队行进和重大场合演奏以激励士气。

郑成功收复台湾后，不遗余力大批招徕漳泉沿海流民赴台开垦。郑氏父子治台二十三年，为稳固政权，加强制度建设和文教，倡儒学、办科举、修庙祭祀，建立仿照明制的政权，汉文化全面地、大规模地播传台湾，确立了台湾文化作为中华文化子系统的基本格局。台湾汉人社会更加成熟，移民社会的流动性减少，逐步向长期定居形态转化。在这样的条件下，演戏活动的兴盛是可以预期的。据说，郑成功的幕僚沈光文，为民众娱乐，

还从大陆招聘戏班，到台演出，于是福建、广东等地，陆续有剧团赴台。

施琅攻台后，直到日据之前，台湾相对安定。闽南民众渡台谋生，持续二百多年未曾停止。台湾人口从康熙二十三年（一六八四年）的数万人增加到十九世纪中叶的二百五十万人。大批汉人的涌入，成为台湾社会的主体，台湾成为福建以外集中最多闽南人的地区。在台湾，和福建原乡的闽南人一样，人们信奉着妈祖、关公、保生大帝等等各种民间信仰，一样说着闽南话，饮食起居和婚丧礼俗，也都沿袭自闽南原乡，日常生活景象和人文风情，也大致与福建闽南地区类同。

在这种背景下，闽南戏曲文化全面移植台湾，各种民间戏曲和民间文艺陆续流传到台湾。康熙十六年（一六八七年）郁永河即在台湾的妈祖庙前看到梨园戏演出：『肩披鬓发耳垂珰，粉面朱唇似女郎。妈祖宫前锣鼓闹，侏儒唱出下南腔。』（图二）康熙三十五年（一六九六年）高拱乾纂修的《台湾府志》述及台湾汉人奢靡风气，其中包括『好戏剧、竞赌博』。一七一七年《诸罗县志》谓每逢岁时节庆及王醮大典，必延请剧团演出，以娱神祇。一七二〇年刊行的《台湾县志》中提到台湾演剧风气极为盛行，每逢寺庙神祇诞辰，则由数十名称之为『头家』者筹办一切事宜，

向民众收取捐款，雇请剧团演出，以示庆贺；而每逢演戏之际，邻近乡里妇女由其爱慕者驾牛车前来观赏。

台湾学者邱坤良认为，『清代台湾移民十分之八来自福建的泉州府（包括晋江、南安、惠安、安溪和同安）、漳州府（包括龙溪、平和、诏安、南靖、云霄、东山、海澄、漳浦、长泰），潮惠及其他地区者不过十分之二。移垦社会的地缘结构自然反映了剧种的流布。因此清代台湾流行的戏剧正是泉州、漳州和潮州（其文化区包括漳州府西部诸县）流行的戏剧。如泉州梨园戏、潮州戏、乱弹戏、九甲戏、四平戏、白字戏、傀儡戏、

布袋戏、皮影戏及一些民间歌舞小戏，如竹马、车鼓，皆为民众生活中的主要娱乐及信仰中的仪式。』（图三）

歌仔戏诞生前，已经有许多来自大陆的戏曲剧种。根据连横的《台湾通史》以及《安平县杂记》、《台湾惯习记事》等的记载，在一八八五年台湾建省前后流行的戏曲剧种有：

大戏：大、小梨园，京剧，四平戏，乱弹戏，高甲戏，潮剧。

小戏：艺旦戏，车鼓戏，采茶戏。

偶戏：傀儡戏、皮影戏、布袋戏。

这些剧种相继传播入台，为台湾本土剧种歌

仔戏的诞生奠定了深厚的戏曲文化基础。源自闽南原乡的多元繁复的信仰和民间习俗，带来众多戏曲演出时机，在这样肥沃的艺术土壤之上，民间戏曲和民间文艺活动兴盛，生机勃勃。

台湾《安平县杂记·节令》记载，光绪年间在每年的七月十五日，『各家皆祀祖先，……台沿漳泉遗俗，作「普度盂兰会」，甚形热闹，……演唱大小各戏，锣鼓喧阗』。其他各县志书如《凤山县志》、《诸罗县志》、《淡水厅志》、《噶玛兰厅志》等，亦不难在民俗一栏中，找到类似记载。连横在《台湾通史》中说：『夫台湾演剧，多以赛神，坊里之间，醵资合奏，村桥野店，日

夜喧阗，男女聚观，履舄交错，颇有欢虞之象。』

清代台湾活跃着许多职业和业余的戏班，演出的剧种剧目，也与福建沿海及广东潮汕、梅州地区大致类同，演戏习俗亦沿袭自闽南原乡。除了职业戏班，台湾到清代中、晚期出现大量的子弟班。这些同一村社的乡民，或同一庙宇的信徒，结社聚集。平时在老一辈组织指导下学习戏曲技艺，有时也聘请教戏师傅来教。他们不以营利为目的。到了庙宇、宗族或村社的祭祀节庆，就大显身手，营造喜庆气氛，娱人娱神。在传统乡土社会，民间的娱乐活动，除了最为热闹喜庆的演戏之外，在迎神赛会上，还有『鼓吹』、舞龙、舞狮、高跷、

神将、车鼓（图四）等等『阵头』的游行表演。『阵头』表演传承宋代以来的『社火』，在福建早已有之，如闽南的宋江阵、车鼓弄、蜈蚣阁等。当然，『阵头』传播到了台湾又有发展与丰富。除了歌舞阵头，还有在田间地头，民众休闲时节传唱的各种歌谣俗曲，在南音馆阁吟唱的千年雅乐等。沿袭大陆闽粤原乡，台湾民间的文艺形式丰富多彩，表演形式、演出前的扮仙戏等仪式、『阵头』巡游、关目排场等习俗均承继原乡，大同小异。

三　歌仔戏的两岸情缘

歌仔戏的命运与台湾海峡的风云变幻息息相关。歌仔戏的诞生，是中华文化分支闽南文化传

播到台湾后的发展与创造，是中华戏曲文化的延续与发展。海峡孕育了歌仔戏，见证了她的成长与苦难，分享着她的悲哀与欢乐。

随着大规模移民拓垦，到十九世纪中叶台湾人口激增，台湾全岛除了少数高山地区，已普遍得到开发，城镇街市繁华，村庄星罗棋布。一六八四年康熙皇帝在台湾设一府三县，隶属于福建省。台湾府连同厦门府，合置分巡台厦兵备道。一八八五年，清政府在台湾建立行省。在行政制度和社会管理方面，台湾逐渐趋同于福建等大陆省份。随着宗族力量的强化和文教制度的推展，以儒家思想为主体的中华文化的思想体系和

伦理道德标准逐渐成为台湾社会主流的价值取向。由于闽粤移民珍重故土和现实的心理慰藉需求，来自大陆原乡繁复的民俗信仰在台湾社会都保留下来了。来自大陆不同区域的移民经过长期的文化融合，形成了共同的风俗。语言方面漳泉口音逐渐融合成不漳不泉、亦漳亦泉的台语（台湾闽南话），而客家人和原住民有相当一部分也学会了这种亦漳亦泉的闽南话。台湾文化日渐成熟。台湾民间戏曲在传承闽粤原乡的基础上融合发展，逐渐开始走向创新，在这一时期，最突出的表现就是歌仔戏在台湾诞生。

一八九五年日本占据台湾，殖民者千方百计

阻挠两岸的各种往来，扼杀台湾的中华文化。以普通话和汉字为基本特征的汉文化的主干，遭受被封杀摧残的命运。台湾人民面临殖民压迫，自然而然地以汉文化的分支闽南文化、客家文化来抗争日本文化的入侵。在此背景下，台湾的闽南文化，包括台湾的民间戏曲得到特殊的发展。于是在台湾宜兰，从故土闽南传来的『歌仔』、『车鼓』和『采茶』以及闽粤传播来的各种民间戏曲的基础上，台湾的劳苦大众创造出歌仔戏这一新兴剧种。

从『本地歌仔』到『落地扫』、『半暝反』，到『杂菜汤』式地广泛吸收四平戏、乱弹、高甲戏、

梨园戏、京剧等等成熟剧种的养分，歌仔戏很快成为风靡一时的流行文化。在台湾各地兴盛的无数酬神演出中占据一席之地。并且随着台湾城市经济的发展，很快在二十世纪二十年代进入商业剧场演出，成为台湾市民娱乐的重要内容。

海峡孕育了歌仔戏，滋养其成长。发展成熟起来的歌仔戏又很快携着彼岸的倾诉与希冀，跨过海峡，渡海西来。二十年代开始，歌仔戏回传福建闽南，从最初的厦门，到周边的同安、海澄、泉州等地，继而回到『歌仔』的原乡漳州地区，仿佛涟漪一点，化作万千波澜。闽南的观众很快就如痴如醉地迷恋上歌仔戏，到处听闻『咿-啰-

咿』。台湾来的戏班、台湾来的歌仔戏师傅，又教出了一批闽南子弟，歌仔戏如星火燎原般在闽南热土蔓延开去。可是战争的阴影始终伴随着歌仔戏悲怆的曲调。来自日本殖民统治下的台湾，歌仔戏被过于敏感而脆弱的当局人士打上『亡国余音』的罪名。【七字调】、【哭调】不能唱了，大广弦不能拉了，以此为生的闽南歌仔戏艺人只得变通地改弦更张，邵江海、林文祥等艺人奇迹般地融合了台湾的歌仔调与闽南的锦歌，创造出新的曲调【杂碎调】，以改良戏的面貌，躲避了当局的禁令，挽救了濒于绝境的闽南歌仔戏。并且在抗战胜利后，新的曲调随着闽南的『都马班』

又跨越了海峡，传入台湾，成为歌仔戏的主要曲牌之一。

然而，战争的阴云再次笼罩了台海，一九四九年国共隔海对峙，海峡隔绝。昔日舟楫频仍，你来我往的『盈盈一水间』，转瞬咫尺天涯。近四十年间，从炮火纷飞到对峙的僵持，歌仔戏天涯望断无归路，缠绵的【哭调】，唱不尽两岸民众的相思泪，诉不清海峡骨肉分离苦。

一九七九年叶剑英发表对台『九条』，大陆把『一定要解放台湾』的口号改为『一国两制、和平统一』。一九七九年全国人大常委会发表《告台湾同胞书》。一九八七年台湾『解严』，开放

台湾地区民众赴大陆探亲。两岸关系逐步走向缓和。

仿佛报信的青鸟，熟悉而陌生的歌仔调，透过空中的电波、偷渡的录像带，悄悄带来了彼岸的消息，抚慰思念的苦楚。

春江水暖，坚冰初融。歌仔戏这一两岸民众共同孕育的剧种，因缘际会，率先起航，成为两岸文化交流的先行者。从八十年代开始，台湾学者许常惠、陈茂萱、陈健铭（图五）、张弦文、曾永义（图六）、邱坤良、王振义等纷纷跨越海峡，来到福建闽南原乡，风尘仆仆地踏访乡野，追根溯源，探寻歌仔戏的来源，了解两岸分隔后大陆

歌仔戏的发展现状。（图七）一场场两岸文化学术研讨会陆续召开，歌仔戏永远是说不完的主题。（详见第二章第六节）

仅专题研讨歌仔戏的两岸学术研讨会就有：

一九八九年，在厦门举办的『首届台湾艺术研讨会』。（图八）

一九九〇年二月，在厦门举办的『闽台地方戏曲研讨会』。

一九九五年二月，在厦门举办的『歌仔戏艺术研讨会』。

一九九五年十月，在台北举办『海峡两岸歌仔戏学术研讨会』。

一九九七年，在厦门举办『海峡两岸歌仔戏创作研讨会』。

一九九八年，在新加坡举办的『歌仔戏学术研讨会』。

二〇〇一年，『百年歌仔—海峡两岸歌仔戏发展交流研讨会』在台北、宜兰、漳州和厦门两岸四地延伸举办。

二〇〇四年，在厦门举办的『海峡两岸歌仔戏艺术节』

二〇〇六年，在台湾举办的『华人歌仔戏艺术节』。

二〇〇八年，『金桥·海峡两岸民间艺术节暨歌仔戏展演』。

……

如此频繁的学术交流，集结了两岸诸多戏曲研究的专家学者，从历史、艺术本体、现状发展等层面深入研析，其数量与规模恐怕是其他剧种所难以企及的。当然，这种状况与八十年代以来台湾的戏曲现状有很大关系，在其他戏曲剧种纷纷凋敝的背景下，歌仔戏独领风骚，成为台湾最大的戏曲剧种。而且台湾自七十年代末本土意识抬头，作为本土艺术代表的歌仔戏受到了官方与学界的强烈关注。从四十年代末到八十年代，歌仔戏这一剧种隔绝于海峡两岸，在不同的社会环

境中各自发展，产生同中有异的发展样貌，这种独特的剧种生存状态在中国三百多个戏曲剧种中是极为特殊的，即使置之于世界戏剧历史，恐怕也是少见的，因此具有相当大的学术探讨空间。何况，在经济大潮冲击下，无论台湾还是闽南，歌仔戏都面临着现代社会转型的问题，如何借鉴彼此的发展经验，解决现实的困难，如何借鉴对方的教训，规避生存的危机。两岸，无论学界还是业界，无疑都有必要携手面对。（图九）

从一九九〇年起，两岸歌仔戏的交流从学术的交锋，拓展到实践层面的互动。在这一年举办的『闽台地方戏曲研讨会』上，两岸歌仔戏艺人

同台演出，尤其是台湾艺师廖琼枝与大陆乐师的默契配合，令人叫绝。此后历次的两岸研讨活动，几乎都有两岸演员的同台献艺。台湾的一心歌仔戏剧团（图十）、明华园戏剧团等多次到大陆交流演出（图十一）。而福建闽南的漳州市芗剧团、厦门市歌仔戏剧团的一次次赴台巡演，掀起了一阵阵热潮。（图十二）淳朴乡音传递浓浓乡情。

从一九九五年开始，大陆学者开始赴台开展歌仔戏田野调查，进行学术交流。（图十三）台湾方面对于歌仔戏的保护、推广与研究的成功经验，也给予了大陆同行诸多启示。

从一九九五年《李娃传》两岸合作小试身手，

到二〇〇九年《蝴蝶之恋》创作团队的全面合作以及在两岸的成功巡演（图十四），歌仔戏再度成为两岸戏曲从交流走向合作的先锋。

只是一湾浅浅的海峡，错综复杂的历史留下深深伤痕，造就诡谲情境。但也是这一湾深深的海峡，孕育了生命的歌声，带来了多彩的艺术。歌仔戏的历史是海峡两岸人民共同传承和发展中华文化的历史，体现了两岸无法割断的文化亲缘。面对经济全球化时代的现代社会，两岸歌仔戏同样面临未来生存与发展的危机和挑战。正如台湾学者曾永义教授所言：『海峡两岸是「文化共同体」，尤其闽台更是血缘有自、脉息相通。……「海

禁」既开，「文化共同体」自然互切互磋，彼此寻根探源；而两岸的交流，也必然有助于中华民族艺术文化的维护与发扬。』

第二章 百年沧桑

【中华戏曲·歌仔戏】

近代中国百年，是屈辱坎坷的百年，积贫积弱的中国饱受列强的欺凌；是不屈不挠的百年，血与火铸就民族精神；是伤痕累累的百年，多少泪水汇注深深的海峡。歌仔戏的命运是中国近代沧桑历史的一个缩影。歌仔戏诞生于日本占领下的台湾岛，哀哀【哭调】诉不尽满腹辛酸。日本殖民者的皇民化运动中，在台湾的歌仔戏等中国传统文化被严厉禁止，艺人们穷困潦倒。而在一水之隔的福建，从台湾传来的歌仔戏尽管一度风靡，却也曾被国民政府污蔑为『亡国调』，禁戏之声不止。然而即便身处社会底层，面临种种打压，饱受摧残，歌仔戏依旧顽强地发出抗争的声音，

传递着善良百姓的悲伤与希望。抗战胜利后，歌仔戏艺人尚未来得及细细品味短暂的繁荣与喜悦，就在一九四九年秋季骤然面临冰冻的海峡。从此，雾迷津渡，一晃就是数十年。望穿秋水，红颜老去白头吟，相逢一笑泯恩仇。跌宕身世，依依情缘，海峡风云变幻，歌仔戏百年坎坷，唯有那淳朴的歌声动人，回荡在海天之间。

一 歌仔戏的诞生与发展

歌仔戏诞生于二十世纪初。

那是在台湾宜兰，古称葛玛兰的平原，三面环山，一面临海。数百年来，闽粤先民蹈海而来，与当地的原住民一道，在蛮荒中开垦，在艰险中

耕耘希望。在宜兰，来自福建漳州地区的移民最多。随着汉人聚落的形成，为娱神娱人，移民带来了里巷歌谣、阵头舞蹈，还有傀儡戏、南管戏、北管戏等各种民间戏曲，也次第流行开来。尤其是以宫庙为中心的场合，充满仪式与狂欢的迎神赛会，乡民如痴如狂于戏曲的演出。醇厚的风俗人情、驳杂的人生百态和丰厚的文化土壤，共同滋养了闽台民间戏曲，促其孕育和发展。

歌仔戏的形成主要有三大来源：歌仔、采茶和车鼓。其中最重要的是歌仔。所谓『歌仔』就是『歌儿』的意思。一般将【七字调】的形成，视为歌仔戏诞生的标志。闽南人的『歌仔』是一

个模糊宽泛的概念，泛指各种民谣、民歌、小调。『歌仔』是在宋元以来流行于闽南地区的民歌、民谣基础上形成起来的，在发展过程中受到戏曲、南音、南词的影响，在闽南民众的口口相传中，发展创造出众多的曲调。一般主要以月琴伴奏。（图十五）『七县歌仔五县曲』，『歌仔』在漳州一带颇为流行。相对于曲高和寡的南音来说，『歌仔』更为通俗亲切，更易为普通百姓所喜爱。就连乞丐也可以大唱『乞丐歌仔』。主要曲调有【四空仔】、【五空仔】、【倍思】、【硬调】、【杂碎调】以及【五更鼓】、【长工歌】、【褒歌】等小调。到了明末清初，郑成功渡海收

复了台湾，闽南的将士们以及其后的移民把福建原乡的『歌仔』带到了台湾，很快广泛流行开来，并且不断丰富和发展，出现了更多新的曲调。歌仔在闽南还有一个别名，叫『锦歌』。原先闽南大多数地区如厦门、同安、龙溪等地都是称作『歌仔』，只有在龙海县石码这一带，由于九龙江在这一地段被称为『锦江』，当地盛行演唱『歌仔』，所以当地人称为『锦歌』，此外还有『什锦歌』的说法。后来到了一九五三年，福建省文化局决定将流传于漳州地区的台湾歌仔戏改为『芗剧』，将闽南的『歌仔』统称『锦歌』。一九五三年龙溪专区文联编印的《闽南民间音乐资料汇刊》中

确定使用『锦歌』的名称。从此『锦歌』的说法在福建流传开来。『歌仔』在闽台社会颇为普遍，随时随地，不拘田间地头、庙埕村口，月琴一弹，开口即唱。历史故事、世故人情、风土百态皆可入歌。『歌仔』传入台湾后，又有了新的发展，创造出更多新的曲调。清代在闽台两地还出现了很多经营『歌仔册』的书局，如厦门的文德堂、会文堂、博文斋等。（图十六）歌仔册的内容有很多是民间故事，如《陈三歌》、《英台歌》、《王昭君冷宫全歌》、《最新商辂歌》、《杂货记》等等，还有一些记录了当地民众生活和情感的歌谣，如《过番歌》等。闽南的歌仔册不仅在本地很流行，

还远销到东南亚、台湾、香港等地。歌仔戏早期的剧目如《山伯英台》、《陈三五娘》即源自『歌仔』的唱本。后来的很多歌仔戏剧目，如《吕蒙正》、《雪梅教子》、《郑元和》、《白蛇传》、《杂货记》等也多取材自歌仔册。

采茶是一种歌舞小戏，流行于我国南方，特别是客家人居住的湘粤赣闽等地。从闽粤传入台湾后，俗称『采茶』或『采茶戏』、『相褒』或『相褒戏』。采茶对歌仔戏曲调的发展有很大的作用。（图十七）台湾学者许常惠的研究认为，锦歌的【四空仔】受到羽调式的【采茶调】的影响，逐渐强调了羽角，为后来的歌仔戏的【七字调】奠

定了调性基础，另外，锦歌和歌仔戏的唱腔中，出现诸多『咿哆』、『哎啰哎』、『咿咯咿』、『啊妹咿哆』、『呦得儿哟』等虚词、嵌句，大多出自客家的采茶山歌。

车鼓是一种闽台社会喜闻乐见的阵头歌舞，它对歌仔戏从坐唱到舞台表演起了很大作用。车鼓的流播很广，在福建的漳州、泉州和厦门同安等地至今仍活跃着车鼓的表演。在清康熙年间的文献中，就曾记录台湾车鼓戏的表演。在民间，车鼓戏称之为『车鼓弄』或『弄车鼓』，一般是由丑旦以歌舞代言表演滑稽逗趣的小故事。过去经常出现在迎神赛会或阵头游行之中，表演者边

舞边唱，活泼自由。台湾的车鼓戏艺人常作戏剧的妆扮，表演《番婆弄》、《五更鼓》、《桃花过渡》、《病囝歌》等小戏。表演的程序是：『踏大小门』、『踏四门』、『绕圆圈』、『引旦出场』、『表演曲子』和『踏七星』。丑旦对答褒歌，多用『对插』、『双入水』、『双出水』等动作。表演形态仍属于『踏摇』小戏。

据说，最早唱【七字调】出名的艺师有歌仔助、鲈鳗帅等人。《宜兰县志》、《台湾省通志》中都提到了宜兰员山结头份人阿助。一九六三年印行的《宜兰县志》中记载：『歌仔戏原系宜兰地方的一种民谣。距今六十年前，有员山结头份

人名曰阿助者，传者忘其姓氏，阿助幼爱乐曲，每日农作之余，辄提壳弦，自弹自唱，深得邻人赞赏，好事者劝他把民谣演变成戏剧，初仅一二人穿便服分扮男女，演唱时以大壳弦、月琴、箫、笛等伴奏，并有对白，当时号称「歌仔戏」。……于是集合青年七八人，每晚练习，约三月，举凡唱调对白皆已纯熟，音乐配合亦甚和谐，乃由阿助再将各人演唱姿态表情加以指导，便登台演戏。阿助系一植果之村夫，原无艺术修养，其所导演之歌仔戏，不过粗浅功夫而已。不料初次上演，即轰动十里外之观众，以后渐传渐远，此为歌仔戏起源之概况。』

这则记载很有传奇色彩，『阿助』人称『歌仔助』。根据陈健铭的考证，原名『欧来助』，生于一八七一年。不过据陈健铭、陈秀娟和张月娥等人的田野调查，宜兰县『歌仔』的演唱传艺活动，最早可以追溯到一八二〇—一八三〇年间出生的『猫仔源』。他来自闽南，先在台湾南部落户，后迁到宜兰，诸如欧来助、鲈鳗帅和陈三如等人均为其弟子。在林锋雄先生主持的《宜兰县立文化中心、台湾戏剧中心研究报告》中，提及与歌仔助同时的艺人有简四匀、李红毛、翁南、陈三如、陈老安等十来人。在宜兰诸多村庄有结头份班、火炭班、二堑班、埤头班、洲仔尾班等

戏班。曾永义先生认为：『歌仔戏的戏班，与歌仔助、陈三如同时的就有那么多班，所以歌仔助其实很难独居「鼻祖」，但他当时享有盛名，为佼佼者中之佼佼应当没什么问题，也因此传闻就归属于他了。』

早期歌仔戏叫做『本地歌仔』，都是由男性扮演。经常演出的有『四大出』：《陈三五娘》、《什细记》、《山伯英台》和《吕蒙正》。随着走唱形式出现，人们称它『歌仔阵』。清新悦耳的【七字调】，很快受到人们的喜爱和传唱。渐渐地更长段的表演出现了，没有搭台，观众围拢过来，就地演出，这就是歌仔戏的『落地扫』。

台湾早期歌仔戏艺人黄阿和回忆一九〇六年看到的『落地扫歌仔阵』表演：『他们丑扮各种角色，腰系脚帛（裹脚布），丑角和花旦手摇烘炉扇子，边走边扭边唱，后头有四管乐手助阵，队伍两侧几个举着火把（打马灯）的和两个负责拿竹竿的人随行，「歌仔阵」走到围观人群聚集的地方就把四根竹竿架开，临时围成一个四方形的场子，角色就在场地中间表演起来，后场乐师则站在竹竿的外沿弹奏。「落地扫」演出时均选择比较花俏、挑情、逗趣的情节，形式很像车鼓戏，如《陈三五娘》戏中的〈益春和艄公在赤水溪相褒〉，《吕蒙正》戏中〈吕蒙正打七响和畅乐姐相褒〉这些段子。』

（图十八）

歌仔戏采用的语言是民众日常生活的语言，很通俗易懂，一学就会，很容易引起共鸣。歌仔戏形成之后发展很快。不久，在庙宇庆祝神诞时，戏台上四平戏、乱弹唱完，就出现唱歌仔戏的『半暝反』。所谓『半暝』是闽南话『半夜』的意思，也就是说，迎神赛会邀请四平戏班演出之后，歌仔戏班利用下半夜的时机，上台演出。与其他剧种混杂演出，是歌仔戏早期演出的形态，在此期间，歌仔戏也吸收别的剧种的曲调和表演。著名歌仔戏艺人赛月金回忆她七岁（一九一七年）时，台南的丹桂社到她的村社台北新庄演出歌仔戏。

当时村里很热闹，戏班就在晒谷场的小土台演出，也唱乱弹和四平调。戏班离开后，她的养父和村里一些人也组织了一个歌仔戏戏班，叫『如意社』，有十多名演员，全凭个人经验，会唱什么调就唱什么调，也有乱弹调，也有高甲调，大家凑起来，被称作『杂菜面』、『杂菜戏』。一九二三年以前歌仔戏演出的都是文戏。一九二三年以后，歌仔戏吸收了乱弹系统（包括京剧）的武场伴奏、身段，再向闽剧学习了连台本和机关布景。通俗的曲调和炫彩的造型让歌仔戏很受欢迎，加上女性演员演戏更让歌仔戏受人瞩目。大约在二十年代，歌仔戏已经成为大戏，流行于台湾各地。

歌仔戏早期有各种称呼，如『歌戏』、『歌仔戏』、『歌剧』、『男女班』、『改良班』、『白字戏』、『白话戏』等。最早记录歌仔戏演出的文献资料是一九〇五年八月十八日的《台湾日日新报》：『宜兰……演歌戏。歌戏者。……观者最易为之神迷心动。闻某庄有赛会之事，……歌戏也。则虽道阻且遥，亦非所惮。人之多□，亦非所顾。』『歌仔戏』一词正式被大众所认定，大约是在一九二五年至一九二六年底之间。

一九二〇年以后，歌仔戏已开始进入剧场演出。大约从一九二五年起，歌仔戏已经成为全台湾最受欢迎的剧种之一。根据一九二八年台湾总

督府所做的《台湾戏班分布调查报告》，歌仔戏班的数量仅次于乱弹和布袋戏，发展势头可谓迅猛。甚至到台湾演出的京剧、闽剧戏班卖座不佳而散班后，不少艺人纷纷投奔歌仔戏班。赛月金回忆说：『歌仔戏在台湾非常盛行，街头巷尾到处都可以听到歌仔调的。当时当地观众编了一首顺口溜，贴在戏院门口，上面写着：「月出上天台，京班不可来，若来没米又没菜，若卖笼你对（就）知。」这首顺口溜反映了当时的情况。京班被歌仔戏占领，演职员们不得不改唱歌仔戏，为了糊口，常常是上半夜演京戏，下半夜参加歌仔戏班的演出，主要演武戏（又叫「侠戏」）。这个时候有

很多演客家戏（采茶）的演员，也改唱歌仔戏调。』

进入剧场演出的歌仔戏，为吸引更多的观众，在艺术水准上不断提高。内台歌仔戏的机关布景丰富多样，据说当时最大规模的是彰化县吕深圳主持的『瀛州赛牡丹剧乐团歌仔戏班』。该团不计成本，从上海明星电影制作公司聘请来布景师（外号赤鼻子）等三人来台，为演出量身定做，制作耗时半年多。音乐也更加丰富了。就在这个时期歌仔戏最独特的曲调【哭调】产生了。这固然与当时女性演员的加入有关，她们更善于表现柔美婉转、细腻感人的情感。【哭调】特别容易触动女性观众情感，反响强烈。但【哭调】产生

的更重要原因是日本殖民台湾，民众长期积郁的愤懑委屈情绪。《乐记》曰：『是故治世之音安，以乐其政和；乱世之音怨，以怒其政乖；亡国之音哀，以思其民因。声音之道，与政通矣。』二十年代台湾歌仔戏哭腔满台，正是日据时期台湾社会集体无意识的折射。被异族奴役的忍辱偷生，移民的艰辛和病痛、死亡的威胁所累积的郁郁与悲苦情绪，在如泣如诉的【哭调】中酣畅淋漓地宣泄出来。

二 日本殖民压迫下的歌仔戏

一八九五年日本凭借《马关条约》占领台湾，在台北成立伪政府，进行殖民统治。日据台湾

五十年可分三个时期：一八九五年至一九一八年第一次世界大战结束的『绥抚时期』；一九一八年到一九三七年中日战争全面爆发之前的『同化政策时期』；一九三七年至一九四五年光复的『皇民化运动』时期。日本殖民当局对台湾文化的摧残步步加强。台湾沦陷初期，各种传统戏曲并未受到殖民政府强力干预，多数尚能演出来自中国大陆的手抄剧目。一九三六年小林跻造任台湾总督，改变了怀柔政策。一九三七年卢沟桥事变爆发，引发中国全面抗战，日本近卫内阁确立了国民精神总动员的实施与推展，台湾总督府为配合新的战争情势，积极推动皇民化运动，进行战争动员，

对台人进行极端的同化政策，以期『炼成』忠诚的『天皇子民』。

随着皇民化运动的全面推动，戏剧亦开始被纳入『总动员』体制，日本殖民当局意图通过对台湾人娱乐休闲方式的改造，灌输皇民奉公观念。这一时期，日本殖民当局一方面以高压政策弹压台湾戏曲，使台湾进入艺人称之为『禁鼓乐』的黑暗时代，另一方面也强行改造戏剧艺术为教化宣传工作。

从『七七事变』到抗战胜利的八年间，日本殖民者逐渐取缔、禁绝戏曲活动，名曰『禁鼓乐』，台湾戏剧在殖民高压的夹缝中生存日益艰难。

一九三七年起，日本殖民当局要求台湾戏曲在演出时，必须用日语歌词演唱，演出者必须穿日本和服，经由日本警察批准，方可公演。随后又严格限制戏剧演出的内容，凡是有关篡权夺位的戏剧一律禁演，只容许『忠君爱国』、『忠孝节义』的剧本演出。当时台湾许多歌仔戏团，被日本殖民当局强制解散，只有少数穿上日本和服、上演皇民奉公剧的歌仔戏团得以存留。

一九四一年太平洋战争爆发后，日本殖民当局为配合战争前线的军事行动，推行战时后方新体制运动。一九四一年成立皇民奉公会中央本部娱乐委员会，统辖台湾的演剧、音乐等，一切演

出中国历史故事，使用汉语的戏剧都被严令禁止。

一九四二年一月，日本殖民当局在皇民奉公会中央本部娱乐委员会下，增设了台湾演剧协会，统一管制台湾演剧界的活动。《台湾演剧协会规约》称该会宗旨在于『提供岛民正常娱乐，陶冶其情操，推展皇民奉公运动，发扬日本精神』。总督府掌理剧本生杀大权。所有该演剧协会的会员剧团上演的剧本必须经过严格的审核，凡是不符合皇民教化的剧本，一律禁止上演。当时参加台湾演剧协会的会员总计有四十九团，其中由歌仔戏团脱胎而来的歌剧团有日月、松竹、富士、南旺、瑞光、胜美、日东、明光、明星、日兴、新舞、三和、昭南、

【中华戏曲 ✿ 歌仔戏】

国民、爱国、明春、日出、永乐等三十四团。剧团只能上演皇民戏剧，否则就会被官方勒令解散。『禁鼓乐』和鼓励『皇民化剧』双管齐下，残酷摧残台湾民间戏曲。在这样的背景下，歌仔戏、布袋戏、闽南歌谣、客家歌谣等传统文化遭受严重伤害，许多剧团被强制解散，艺人只得转业改行。有些人无从谋生，就四处流浪。传统戏曲艺术受到极大的打击。

实际上广大台湾民众并不认可皇民剧。民间戏曲艺人虽摄于威权，不敢违抗皇民政策，但也常常阳奉阴违。戏班艺人与日本人周旋，派人在戏院外把风，看到日本警察来了，就按设在隐蔽

处的电铃，向舞台上的演员通风报信。歌仔戏艺人吕福禄回忆说：『当时戏班里前一个小时确实是演日本剧情，穿时装的，但一等日本警察走了之后，锣鼓声立即大作。《三国志》又再度登场。』戏班在大都市遭禁演，就到小城市去，再不行，就到乡下去。当时的改良戏，表面上是『皇民化剧』，穿上了和服，但实际上仍是传统歌仔戏情节，只是把朝廷改为公司，皇帝改为董事长，丞相变成总经理，皇妃变成三姨太，文武百官改成职员，换汤不换药。依旧使用歌仔戏的曲调，但因不允许使用武场的锣鼓点，只能配上留声机代替。

这一时期，日本文化凭借殖民政策的力量强

行混杂进入台湾的戏曲文化之中，台湾民间戏曲五光十色，在舞台上出现台、日文化混杂的现象。这个混乱而苦闷的年代，孕育出歌仔戏的变体『胡撇子戏』。『胡撇子』一词，或作『黑碟子』、『乌撇仔』等，据说是由日语罗马字『opera』（歌剧）读音而来。胡撇子戏诞生于殖民时代，背离『正统』审美观念，演出方式混杂多元。一般指在戏里穿时装，演唱流行歌曲，不采用锣鼓，不穿传统戏服，用新的表演方法来演出新故事。但也有人认为，所谓的胡撇子戏就是乱演一气。正处于成长期的歌仔戏，在『皇民化』时期就驳杂地吸收了『皇民剧』、『改良戏』、『新剧』的成分，也带来

了音乐和表演形式的自由与活泼。台湾光复后，穿着和服、手持武士刀、加入西乐甚至流行歌曲，专演奇情故事的『胡撇子戏』风格形成，发展至今。（图十九）一九四九年后，台湾内台歌仔戏复兴，在商业剧场的刺激下，各个职业剧团在剧目内容、表现形态上努力求新求变，以增强市场竞争能力。除了延续传统外，也开始跟随大众娱乐的流行趋势改编日本电影、武侠片等，演出中也加入了当时的流行音乐，强调机关布景和特效，表演上日趋生活化。

三 回传闽南与播迁东南亚

闽台仅一水之隔，舟楫便利，人员往来热络。

大约在二十年代歌仔戏开始回传闽南和流播东南亚地区，在三四十年代形成规模。这个传播过程有多方面的原因，如戏班的商业考虑，语言风俗的相通等，而日本殖民当局对台湾歌仔戏的压制和各种禁令，也是造成大量台湾戏班在三十年代西进和南下，寻求开拓新的生存发展空间的重要因素之一。

由于歌仔戏活泼自由的戏剧特性，形成以来很快受到大众的欢迎，同时也遭到卫道士和警察当局的特别注意。社会舆论常常针对歌仔戏发出挞伐之声。早在『皇民化运动』推行之前，殖民当局就曾借口歌仔戏败坏风俗、扰乱民心，主张禁演。

《中国戏曲志·福建卷》中记述歌仔戏艺人王银河的生平中就提及，一九一八年王银河在厦门参加将军祠的仁义社台湾歌仔阵，学拉大广弦。根据厦门市台湾艺术研究所的田野调查，大约在一九二〇年厦门即有歌仔戏之演出。演出地点在厦门洪本部的陈圣王宫前。『台湾戏仔』是厦门人最早对台湾歌仔戏的称谓。一九二五年厦门梨园戏班『双珠凤』聘请台湾歌仔戏艺人矮仔宝（本名戴水宝）传授歌仔戏，改为歌仔戏班。

一九二五年，厦门梨园戏班『新女班』出国到新加坡演出回来后，在厦门与改唱歌仔戏的双珠凤对台，小梨园不受欢迎。翌年，新女班也改唱歌

仔戏了。

一九二六年台湾歌仔戏『玉兰社』来厦门演出，在『新世界』戏院演出，盛况空前。当时十七岁的赛月金随团来厦。比较受观众欢迎的剧目有《孟姜女》、《唐伯虎点秋香》、《秦世美》等。演出时间长达四个多月。另外，据赛月金回忆，她曾听说在『玉兰社』来大陆之前，『明月园』曾来过厦门『新世界』演出，演出三个多月。『玉兰社』之后又有多个戏班相继来厦演出。

一九二六年，厦门局口街旅厦台胞组织的歌仔馆『平和社』、厦禾大王宫的『谊乐的』、中山路的『开乐社』、草仔安的『福义社』、后岸

的『亦乐轩』等社馆纷纷成立。这些歌仔馆开始打破台湾人的小圈子，吸收一些本地青年参加，如陈瑞祥、吴泰山、邵江海等都是这一时期参加歌仔馆，开始学习歌仔戏。

一九二九年初，厦门龙山戏院聘请台湾『霓生社』到厦门公演，这个戏班拥有月中娥、青春好、冲霄凤等等歌仔戏名角，阵容强大，艺术水平较高，而且设备完善，服装布景华丽。全班七十多人。在龙山戏院演出一个多月，演出剧目有《山伯英台》、《陈三五娘》、《孟姜女》、《孟丽君》等，场场爆满。（图二十）随后又在同安、石码、海澄等地演出一年多，造成轰动。一九三〇年『霓

生社』回台湾，艺人貌师、勤有功等留在龙溪石码一带传艺，带出了周德根、姚九婴等一批徒弟。

紧随霓生社之后，台湾歌仔戏班明月园、霓进社、丹凤社、牡丹社等也相继在这一时期来闽南演出。歌仔戏一时间风靡鹭岛，俗民阶层如醉如狂，而一些来自知识阶层的人士则强烈不满歌仔戏『海淫海盗、贻害社会』。一九三一年十二月《厦门时报》上发表了一篇题为《处处皆闻『伊老』声》的文章，提及歌仔戏在台被禁，故『全台歌仔戏，一齐出发西来』，对歌仔戏颇多批评。

台湾歌仔戏班在厦门演出，带动了更多业余爱好者组织歌仔戏馆。本地的双珠凤和新女班也

向郊县、泉州发展。歌仔戏逐渐拓展到同安、海澄和泉州等地。一九二七年同安锦宅成立了闽南农村第一个歌仔戏班。一九二九年台湾『霓生社』歌仔戏班在厦门龙山戏院公演后，转往闽南各地演出。一九三二年，红军入漳，一些商人逃往厦门，在这里他们也迷上了流行的歌仔戏，返回漳州时，带回了歌仔戏的唱本，开始组织歌仔馆，并且邀请『霓生社』赴漳州演出。从此歌仔戏在漳州兴盛起来了，各地纷纷组织专业和业余的歌仔戏班。据说单是龙溪芗江一带的子弟班就有三十多个，出现了许多受观众欢迎的本地歌仔戏艺人，如『浒茂生』、『白礁旦』、『崎巷丑』、『北门须』等。

漳州原本就是『歌仔』的原乡，歌仔戏回归源头母体，自然发展迅速。原先在漳州一带流行的梨园戏、京剧、四平戏、竹马戏、猴戏等剧种都纷纷不敌快速崛起的歌仔戏。甚至不少梨园戏班如连桂春、旧玉顺等改唱歌仔戏。

一些台湾艺人随着歌仔戏班来到了福建闽南，就长期居留于此，一边演出，一边授徒。当时出名的歌仔戏艺人有温红涂、月中娥、赛月金、味如珍、诸都美、冲霄凤、勤有功、云中子、汉中春、天然曲、青春好等等。其中大多数是台湾籍。月中娥、赛月金、味如珍、诸都美四人在三十年代被厦门观众誉为歌仔戏『四大柱』。最出名的是赛

月金，一九一〇年她出生于台湾新庄，从小随养父演出，八岁拜师台湾歌仔戏艺人林三宝、汪思明，十三岁以旦角初露峥嵘，十六岁参加『泽乐社』歌仔戏班。一九二六年到厦门演出，是当时有名的坤生，她曾经主演过《周成过台湾》、《运河奇案》、《枪毙阎瑞生》、《陈总杀媳》等时装戏的男主角，还演过由电影改编的时装戏《空谷兰》。而且赛月金为人慷慨仗义，在艺人中有很高的威望。（图二十一）

东南亚地区也是闽南华侨聚集区，不少地方戏曲剧种即来自漳泉，原本以高甲戏演出为盛。随着歌仔戏成为流行文化，从台湾到福建闽南，再到东南亚国家，歌仔戏班巡回各地，冲州撞府。一九二九年台湾歌仔戏班霓进社到厦门龙山戏院演出，不久便前往新加坡、马来西亚，且改班名为『凤凰班』，这是目前文献所载台湾歌仔戏到东南亚演出的第一个戏班。拥有台柱小生瑶琴和花旦锦兰笑，全团人员多达五六十人，阵容浩大，立刻风靡新马两地。一九三〇年，由黄如意领导的『凤舞社』也前往新加坡演出，团中有筱宝凤、有凤音、叶金玉、天仙菊等，都是知名的歌仔戏演员。同年，『德胜社』一行数十人到新加坡、菲律宾演出，所到之处，华侨为之疯狂，盛情以待，以致戏班连演六个月。一九三一年丹凤社因新加

坡『大世界游艺场』开幕而前往演出《丹凤牡丹图》，服装布景融合中西，让观众大为惊奇。一九三三年『霓生社』亦前往新加坡演出。大批歌仔戏剧团巡回东南亚演出，为了获得更多的商业利益，戏商也不断扩大演出范围，遍及菲律宾、印尼、越南等国家的华人聚集地。歌仔戏很快受到华侨的欢迎，一些高甲戏班只得另寻出路，如原来演出高甲戏的新加坡新赛凤闽剧团在一九三六年改演歌仔戏。当地华侨也开始组织歌仔戏班，如新加坡出现了第一个本土歌仔戏班玉麒麟。

歌仔戏命运多舛。一九三七年中日战争爆发后，歌仔戏遭受到来自统治阶级的残酷压制。日

本统治者在台湾实行『皇民化运动』，歌仔戏被封杀、异变。而回传福建闽南的歌仔戏面对的是战火下满目疮痍的原乡，人民流离失所，在国统区的闽南龙溪一带，歌仔戏屡屡被禁，理由不止伤风败俗、有碍治安，或是战时宵禁，还有一个特殊的原因，它是唯一诞生于日据时期台湾的剧种，被视为『亡国之音』而大加挞伐。

一九三三年海澄第六区奉十九路军令，禁演『台湾戏仔』。一九三三年十月二十日，龙溪县政府『布告各乡民，禁演台湾戏』，略谓：『查近来各乡社，每有聘请台湾人教习子弟，演唱台剧，歌词淫秽，风化有关，亡国余音，从严禁止。

自布告之后，关于演唱台湾调之戏，一律不准再演，各乡子弟如有已经学习台剧者，应即停止再习，改营正业，不得稍事违延，致干未便，除分令外，合张布告，仰各乡社民众，一体遵照，此布云云。』

著名艺人邵江海在《芗剧史话》中说：『当抗日战争发生后，反动政府更诬为「亡国调」严禁演唱。由于群众的喜爱，就采取种种办法来维持演出——有的不动锣鼓、有的半夜后才开演，甚至有些地方拿出自己的武器来放哨，以保障演出的安全，及至厦门沦陷于日寇以后，反动政府配合了「武营军」强行禁演，并张贴告示说：有谁仍敢演唱者，将按军法制裁。在这种情况下，大

部分业余剧团只得停演，而一些专业剧团的艺人则受迫害，甚至被扣押，使得艺人生活极不安全。』这种严酷的现实，直接导致了艺人的生存问题和歌仔戏的危机。『穷则思变』，歌仔戏艺人们不得不以改良为手段，寻求歌仔戏在闽南继续生存的空间。

【七字调】、【哭调】不能唱了，为了有碗饭吃，在邵江海、林文祥等一批艺人的努力下，出现了『改良调』。『改良调』主要有从其他剧种、曲艺中吸收改编的曲调，糅合歌仔戏曲调和锦歌曲调，改编创造的新调等。邵江海在一九三六年就着手歌仔戏音乐的改良，于【台湾杂念仔】和【锦歌

什咀仔】的基础上创造出新曲调【杂碎调】，并作为演出中的主要曲调，【杂碎调】从此盛行起来。一些有功底、有修养的艺人，也大胆地融合了京剧、高甲、南曲等的一些曲调，进行创造，于是形成了一系列的新曲调。同时又将六角弦替代壳仔弦，二弦代替大广弦，洞箫代替『台湾笛』，三弦代替月琴。经过这样改弦换调，并更名为『改良戏』，巧妙地躲过了当局的禁令。就这样为歌仔戏赢得一线生机，也丰富了歌仔戏的表现力。

当时艺人自发的改良主要在音乐方面，最重要的是免涉『亡国调』之嫌。新创作的【杂碎调】应用灵活、表现力强，成为与【七字调】并称的

歌仔戏两大曲调。

一九三九年后，邵江海便开始创作适合【杂碎调】演出的剧本，一九三九年下半年，邵江海创作出具有本地特色、大量采用【杂碎调】演唱的第一个歌仔戏新剧本《六月雪》，继而，他进入改良歌仔戏剧目的创作高峰期。在随后政府展开的歌仔戏改良期间（一九四〇—一九四五），他先后创作出《孔雀东南飞》、《陈三五娘》、《金玉奴》、《描金凤》、《秦雪梅》、《断机教子》、《安安寻母》、《李妙惠》、《郑元和》、《琵琶记》、《王仔怀义买老爸》、《玉堂春》、《三娘教子》、《王莽篡汉》、《掘窑》（又名《刘秀掘窑》）、

《范蠡进西施》、《水鸡记》、《吕蒙正》、《庄子劈棺》、《卢梦仙》、《白扇记》、《战地啼鸳》、《改良山伯英台》、《三家绝》等。（图二十二）

哀怨的歌仔戏并非亡国之音，在抗战期间也有激昂的呼号。许多艺人自编和演唱抗日歌曲，在民间的反响很大。据说有一次『金丽华』班在毗邻沦陷区的海沧镇演出，正当邵江海上台唱《骂日寇歌》，全班演员配合伴唱《流亡三部曲》之时，敌人的探照灯突然射过来，顿时引发群情激昂，高呼『打倒日本帝国主义』的口号，台上台下同仇敌忾，一片沸腾。

抗战后，两岸戏剧活动复苏，【杂碎调】经

闽南的『都马剧团』流传到台湾。都马班的前身是演梨园戏的『新来春』戏班。一九四〇年戏班改唱『改良戏』。剧团在南靖县的都美、马公乡一带活动时，团中的叶福盛等与当地人吴炳南、蔡俊杰等合股筹资，在漳州一带招聘姚九婴、曾采发、沈井泉、郑蔡鳗、豆腐旦等，于一九四〇年八月组新班，叫『新来春』。当时福建龙溪社会服务处为加强抗战的宣传，召集了十几个改良戏班集中训练。『新来春』由厦大毕业生蔡敏生以抗战建国之意，取剧团所在地南靖县都美、马公乡头一个字定名为『南靖都马抗建剧团』，班址设在都美市仔。都马班组成后，活动于龙溪、

南靖、华安、漳平、同安、灌口等地。抗战胜利后，戏班转到厦门、泉州等地活动。都马班演员多名角，被观众称为『师傅班』。都马班一次在泉州金井演出时，从台籍『水客』口中了解到光复后台湾歌仔戏兴盛的情形，决定东渡台湾演出。都马班组成了四十人左右的阵容，并添置了戏服、戏箱，于一九四八年农历十月离开厦门东渡台湾。原定巡演至次年七月再返回福建。但是数月后解放军南下，福建解放，一九四九年海峡隔绝，戏班从此留在台湾，也将【杂碎调】带到了台湾。

一九五一年，都马班改编了越剧《孟丽君》，推出后轰动一时。戏班传唱的【杂碎调】风靡开来，

也被称作【都马调】，许多歌仔戏班争先学习，对台湾歌仔戏的发展影响深远。（图二十三）

从一九四九年起，两岸对峙的政治僵局阻隔了歌仔戏班往来海峡的步履。数十年海峡冰封，交流无从说起，两岸歌仔戏各自走过了不同的发展道路。直至一九八〇年代才重新开始新时期的戏曲交流，在重逢的喜悦里共谋未来的发展。